# L'AN 40.

## ŒUVRES DE J. AUTRAN.

La Mer, un grand vol. in-8°,
Ludibria ventis, un vol, in-8°.

*Pour paraître :*

Les Anciens Jours,
Plume blanche et plume noire, un vol. in-8°.

MARSEILLE.
Typographie des Hoirs Feissat aîné et Demonchy,
19, Rue Canebière.

# L'AN 40,

## BALLADES ET POÉSIES MUSICALES,

### PAR JOSEPH AUTRAN,

SUIVIES DE

## MARSEILLE,

### PAR MÉRY,

AVEC VIGNETTES PAR M. GARIOT.

MARSEILLE.

MARIUS LEJOURDAN, ÉDITEUR,
52, BOULEVART DES PARISIENS.

1840.

Ballades
et
Poésies Musicales

# PRÉFACE.

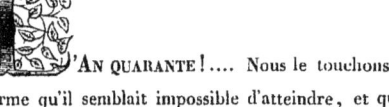

’AN QUARANTE!.... Nous le touchons enfin, ce terme qu'il semblait impossible d'atteindre, et qu'hier encore on regardait comme une impossible chimère.

On vous a parlé des mirages, ces visions enchantées, corbeilles de palmiers, oasis vaporeuses, remplies d'arbres verts et de fontaines azurées, que la caravane aperçoit à l'horizon des solitudes, mais qui fuyent sans cesse comme la plume du désert.

Dans le voisinage des Iles Fortunées, le voyageur découvre un continent fantastique, Saint-Brandan, la merveille et le

## PRÉFACE.

mystère des mers, que caresse l'espérance du navigateur, et que n'atteignent jamais les bras tendus de sa poulaine. Les géographes l'ont appelé l'*inaccessible*.

Qui n'a entendu citer les *fata morgana* de Messine, illusion d'optique, région impalpable, que les marins regardent comme le *cap fugitif* et la *terre des nuages* ?

Eh bien! tout cela, c'était l'image poétique de l'*an quarante* : année promise, qu'on pouvait bien découvrir du haut de la montagne, comme le chef hébreu vit la terre de promission ; mais où, pas plus que lui, on ne devait entrer ; date trompeuse qui flottait à l'horizon du temps ; sorte de feu follet, brillant à travers les ombres, et toujours vainement poursuivi ; lueur vacillante comme ces lumières des contes de fées que l'enfant égaré dans les bois aperçoit *bien loin*, *bien loin*, *bien loin*.

Dans cette vie, où les déceptions sont de toutes les conditions et de tous les âges, qui de nous n'a pas renvoyé, et n'a pas, à son tour, été renvoyé à l'*an quarante*?

A l'*an quarante*, étaient ajournées promesses d'amour, de gloire, de fortune.

A l'*an quarante* était renvoyée la pauvre enfant crédule qui, sur la foi de ce mot, une *chaumière et ton cœur*, avait donné son cœur et quitté le foyer paternel.

A l'*an quarante*, la réalisation des espérances fondées sur les

## PRÉFACE.

oncles de la Guadeloupe ; à l'*an quarante*, les appointemens
du surnuméraire ; à l'*an quarante*, le bâton de maréchal pro-
phétisé par la gloire à toute giberne de conscrit.

C'est à l'*an quarante*, que l'éditeur remettait l'impression
d'un manuscrit anonyme, fruit d'un poète imberbe ; c'est à
l'*an quarante*, que le poète, déjà fort de sa renommée, ren-
voyait, à son tour, l'éditeur qui se présentait pour parrain de
son œuvre.

C'est à l'*an quarante*, enfin, que d'un commun accord, éditeur et poète, dans une ville commerciale, ajournaient la publication d'un livre de poésie, ce papier non tarifé ni coté à
la bourse.

Mais le temps a marché à pas de géant ; descendus de la
montagne, les Moïses touchent enfin à cette terre promise ; le
mirage est devenu une réalité ; le pilote a jeté l'ancre dans
les bas fonds de Saint-Brandan : l'*an quarante* est venu.

Salut, **An 40** ! Calendes grecques, salut ! Tous les billets
échus seront-ils payés ? Tous les beaux prometteurs, mis à
l'épreuve, tiendront-ils leur engagement ?

En voici deux, au moins, qui ne se font pas attendre : le
poète et l'éditeur. Ils s'exécutent, l'un et l'autre, à l'aurore
de l'année. Ils veulent, au premier jour de ces douze mois,
où doivent s'accomplir tant de choses merveilleuses, faire
eux-mêmes un de ces miracles annoncés : la publication d'un

## PRÉFACE.

livre d'art au milieu d'une population industrielle et positive.

Notre insoucieux poète ne craint pas de lancer une frêle barque , couronnée de fleurs, esquif de nacre et d'azur , sur une mer toute semée de naufrages littéraires, où les barriques de sucre et les balles de coton se dressent comme d'épouvantables écueils.

Quand ses frères en poésie, oiseaux effrayés, sont allés chercher au loin, et jusque sous les nuages de la capitale, un ciel plus favorable , des vents plus propices à leur aile , Joseph Autran n'a pas désespéré de sa ville natale. En vain lui disait-on que sa patrie est une marâtre ; en elle, il a voulu voir une mère. Il a pris une fleur à ses collines, une étoile à son ciel, un brin d'algue à sa mer, et, avec ces élémens divers , notre jeune compatriote a formé une couronne à Marseille. Notre maternelle cité porte un diadème de tours sur la tête, comme la vieille Cybelle. Espérons que ces embrasures, si long-temps meurtrières aux poètes , se changeront pour le nôtre en créaux protecteurs. Sur l'écusson de son hôtel de ville , la main municipale n'a pas seulement écrit : Marseille , *Emule de Carthage et de Tyr ;* elle a ajouté , *sœur de Rome et d'Athènes*. La cité Phocéenne voudrait-elle répudier la plus glorieuse moitié de son blason ?...

L'éditeur du Keapsake Marseillais ne pouvait choisir, pour le publier, une occasion meilleure que celle du premier jour

## PRÉFACE.

de janvier. Tant de gens, dans les bazars dont les portes s'ou-
vrent avec celles de l'année, prennent au hasard mille objets
sans autre valeur que celle de la matière et du poids, qu'ils doivent vraiment savoir gré à celui qui a pensé pour eux. Grâce
à ce livre fashionable, nos dames, cette année, ne verront pas
arriver, comme toujours, cette éternelle kyrielle de boîtes plus
ou moins parfumées, de bonbons plus au moins cristallisés,
de sachets indiens plus ou moins indiens. A tous ces cadeaux
d'une banalité surannée, elles préféreront un bouquet de fleurs
littéraires.

La femme, cette poésie vivante, aime par instinct la poésie
des livres intimes. La grande dame quittera volontiers le clavier d'ivoire, le pan de tapisserie brodée, pour venir dans l'ombre de son boudoir, feuilleter de ses blanches mains les feuilles
satinées de ce livre. La jeune fille qui cultive la poésie sur sa
fenêtre, dans un simple pot de fleurs, laissera elle-même ses
violettes bien aimées, ses chères jacinthes, pour venir respirer
le parfum de ces pages. L'une et l'autre trouveront là plus d'un
écho de leurs pensées les plus délicates, de leurs impressions
les plus fugitives, de leurs sentimens les plus suaves.

Mais revenons à l'*an quarante*. Pourrait-on trop s'étendre
sur un sujet qui n'arrive qu'une fois dans un siècle ? *L'an quarante*, que les générations ont mis cent années à atteindre, ne
sera pourtant pas de plus longue durée que tout autre. Ce sera

### PRÉFACE.

fait de lui, au bout de trois cent soixante-cinq jours. Alors cet *an quarante* apparaîtra encore dans son avenir si lointain. L'*an quarante* ressaisira avec une nouvelle force sa première signification, il redeviendra synonyme de *jamais!* Il est de ces mots que l'on s'abstient de prononcer, tant le sens qu'ils renferment est effrayant : *jamais* est de ce nombre. Le sombre Allighieri lui-même n'osa pas l'inscrire sur les portes de l'Enfer. Pour l'exprimer, le monde invente une périphrase ; c'est ainsi que les Latins fesaient, pour un autre mot, non moins fatal, celui de *mort*. L'*an quarante*, signifie donc *jamais;* pas tout-à-fait : c'est le désespoir avec un sourire, le coup de massue sous une pluie de fleurs. Comme le condamné à vie, sur le jugement duquel la philantropie du législateur a écrit : *cent ans et un jour*, le malheureux renvoyé à l'*an quarante* conserve l'espoir..... de devenir centenaire. Rayon bien pâle d'espérance, qui tombant du haut du ciel sur le front du patient, l'illumine d'un reflet consolateur, et allége le poids de ses douleurs.

Mais, dira-t-on, pourquoi l'*an quarante*, et non pas tout autre, l'an vingt, l'an trente, par exemple? Ceci est un de ces mystères inexplicables des nombres, un de ces problèmes surhumains dont l'algèbre céleste s'est réservé la solution. Nous avons beaucoup réfléchi sur le nombre quarante, et, en vérité, si nous exprimions ici toutes les idées qu'il a soulevées

## PRÉFACE.

dans notre cerveau, notre prose envahissante occuperait tant
de place dans ce livre, qu'il n'en resterait plus pour les vers
du poète. Dieu nous garde d'un pareil vol fait au lecteur !

**40** ! Quel chiffre fécond et symbolique ! Lorsque Château-
briand proposa la loi de la septennalité, la *Gazette de France*,
sous l'inspiration du puissant écrivain, ne trouva peut-être
pas des combinaisons plus multipliées, au sujet du nombre
sept, que nous n'en trouverions nous-mêmes, à propos de ce
nombre: QUARANTE!... les sept sages de la Grèce, les sept plaies
de l'Egypte, les sept pyramides, la Vierge des sept douleurs,
les sept péchés capitaux, les sept sacremens, le chandelier à
sept branches, les sept notes de la gamme, les sept jours de
la semaine, les sept merveilles du monde, les septante fois
sept fois des prophéties bibliques, ne sont rien en compa-
raison des choses que l'on compte par quarante.

Et d'abord, les quarante de l'Académie, pour faire pendant
aux sept sages de la Grèce, dont ils sont la petite monnaie.
Puis, excusez le rapprochement, les quarante voleurs d'Ali-
Baba; puis, les quarante heures de l'Eglise, les quarante jours
du carême, les quarante jours et les quarante nuits du déluge,
les quarante tours du cadran solaire que le fils de l'homme
compta dans la solitude; les quarante ans que l'armée d'Israël
passa dans le désert; les quarante siècles de Bonaparte, qui,
du haut des pyramides, contemplèrent l'armée française ; les

## PRÉFACE.

quarante victimes du Minotaure ; les quarante jours des rele-
vailles ; enfin la quarantaine — qui n'est jamais de quarante
jours, etc., etc. Il est fâcheux vraiment que M. de Balzac, qui a
trouvé la femme de trente ans , n'ait pas poussé plus haut
d'une dizaine ; on assure que l'écrivain travaille dans ce moment à la réhabilitation de la femme de quarante ans ; nouveau sujet à ajouter à l'interminable nomenclature.

De toutes les applications de ce nombre cabalistique , la
plus populaire, sans contredit, est celle de *l'an quarante*. On
sait que les astrologues font intervenir à cette époque l'appa-
rition de la fameuse comète, astre échevelé qui doit se lever
sur le tombeau du monde. Cette appréhension (les poètes sont
superstitieux ) avait d'abord arrêté net la publication de ce
livre. On craignait de trouver le vide , et d'éditer pour l'autre monde. Peu à peu cependant, on s'est habitué à cette
date étrange ; on a pactisé avec *l'an quarante*. La vallée de
Josaphat s'est évaporée comme ces nuages de gaze qui vont
se perdre dans les frises du théâtre ; les trompettes du jugement dernier n'ont pas interrompu le cornet à piston des
vivans ; bref on a eu foi en *l'an quarante*.

Non, le soleil n'est pas près de s'éteindre ; non, le monde
n'est pas à la veille de finir, et la poésie, pas plus que le soleil, pas plus que le monde. La série des poètes, cette chaîne
de fleurs immortelles , n'a pas été interrompue depuis Ana-

## PRÉFACE.

créon, le bon vieillard de Téos, qui couronnait de roses ses cheveux blancs, depuis son *Album* grec, édité sur papyrus, en je ne sais quelle olympiade, jusqu'à Joseph Autran, le jeune artiste marseillais, jusqu'à ses frais poèmes imprimés chez les hoirs Feissat, l'an de grâce mil huit cent trente-neuf.

Les poésies charmantes que ce recueil renferme sont une floraison d'automne. Chose merveilleuse, la même semaine les a vues toutes naître et s'épanouir! Nous avons assisté nous-mêmes à leur épanouissement. Comment des thèmes si variés, comment des vers si gracieux, ont-ils été achevés dans l'espace de quelques heures? C'est là le secret de la muse inspiratrice de ces improvisations : le mot de pareils mystères ne se révèle pas même à celui qui en est l'instrument. On a bien trouvé, dans un certain conte d'enfant, le prince *Fine-Oreille*, qui entendait pousser les plantes, mais ce phénomène ne s'est pas encore réalisé pour l'élaboration de la pensée.

Si l'on dit que le soleil fait éclore les vers du poète, nous répondrons que ceux-ci ont vu le jour dans une semaine de pluie. La pluie, si souvent ennemie des artistes, a été cette fois une rosée féconde.

Si l'on allègue l'impression des lieux, l'aspect du ciel, l'arôme des pins, le bruit de la mer, nous dirons qu'ici ces causes sont encore en défaut.

En effet, c'est dans sa chambre d'artiste, en face des pein-

## PRÉFACE.

tures qui la décorent, au parfum de sa pipe orientale, au bruit du talon de sa botte sur les chenets, que Joseph Autran a composé cette série de tableaux, *peints d'après nature*. Qu'on vante après cela les merveilles du daguerréotype. De sa chambre obscure, le dessinateur fera-t-il jamais ce que le poète peut exécuter de son laboratoire lumineux? Oui, pendant que le tube de jasmin exhalait la vapeur enivrante de Latakié; pendant que la tête de turc, grotesque bout de pipe, était changée en cheminée stupide; alors qu'il ne sortait, de ce cerveau de terre cuite, que d'épais nuages de fumée, il y avait à l'autre bout, une tête véritable, réchaud d'où la pensée fesait jaillir des étincelles. A mesure que les flocons nuageux s'échappaient des lèvres de l'artiste, et s'élevaient au plafond, la pensée suivait aussi une ascension céleste. En un clin d'œil, elle fesait le tour du monde, sur l'aile de l'imagination. Quelle est la machine à vapeur qui fonctionne aussi rapidement que le cerveau du poète? — Du désert où il avait suivi la *Caravane égarée*, Autran venait subitement s'asseoir sur les beaux rivages de la Sicile, où il entendait chanter le *Pécheur de Messine;* puis, debout sur les sables du Lido, il voyait tour à tour passer la *Gondole Noire*, tombe flottante d'une jeune fille, ou la *Barque Nuptiale*, qui apparaît ensuite comme un tableau consolateur; — une autre fois, il suivait les courses vagabondes de la *Bohémienne*, ou bien l'aile rapide

## PRÉFACE.

du *Ramier Messager*. Contemporain de tous les siècles, il cise-
lait la *Châtelaine du Moyen-Age*, et taillait dans le pur Carrare
la *Galatée Antique*. — Anglais, comme Thomas Moore, dans
de sentimentales mélodies, il se fesait allemand, comme Bur-
ger, dans la ballade du *Carrefour des Bois*.

Et tant de fantaisies sont écloses en même temps! Une
plume et quelques gouttes d'encre ont suffi pour tracer cette
capricieuse Odyssée!.. N'allez pas croire cependant que cette
diversité ait produit le chaos; ne craignez pas que la rapidité
de l'exécution ait pu nuire à la beauté sévère de la forme.

M. Autran, sitôt parvenu à la maturité de son talent, pos-
sède aujourd'hui plus que jamais cette perfection de style, qui
fut toujours sa distinction dominante. — A vingt ans, il écrivit
*la Mer*, à vingt ans, il composa *le Déluge*, cette pièce devenue
classique, qui a obtenu les honneurs universitaires, que M.
Gérusez lut en pleine Sorbonne, et qu'aujourd'hui encore les
professeurs font apprendre par cœur à leurs élèves, dans le
collége de Louis-le-Grand.

Le nouveau livre de M. Autran,

Penseur aérien,

Qui cisèle un atome échafaudé sur rien, —

ce livre qu'il a composé, comme en se jouant, ressemble
à ces kaléidoscopes qui, faits avec quelques brins d'herbe,

PRÉFACE.

quelques grains de verre, quelques fragmens de plume, produisent, vus au soleil, de charmans effets de prisme.

Durant les longues soirées d'hiver, les amis de la poésie passeront bien des heures à suivre, des yeux de la pensée, les arabesques flottantes de ce livre de capricieuses rêveries. Souvent retenus dans leurs salons par le givre ou la pluie, ils remercieront l'auteur d'avoir fait briller pour eux ces rayons de la poésie, soleil de toutes les saisons.

Sébastien BERTEAUT.

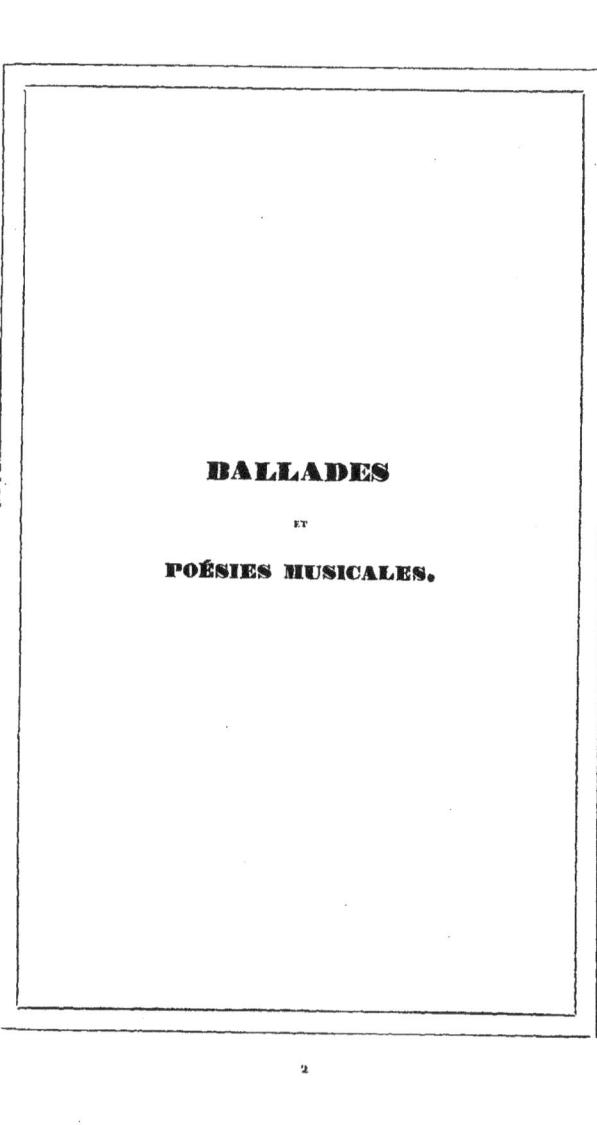

# BALLADES

## ET

# POÉSIES MUSICALES.

# AVERTISSEMENT.

Ceci n'est point un livre de poésie, dans le sens que les esprits sévères attachent à ce mot.

C'est une œuvre légère, rapidement conçue et rapidement écrite, où l'on trouvera bien moins de sérieuses et graves inspirations que de fantasques rêveries. Ce sont des caprices littéraires, délassemens pris à la suite de travaux plus consciencieux, ébats de la pensée, dans ses heures d'oisiveté rêveuse, jeux d'une imagination en vacances; en un mot, ce sont des vers d'artiste, plutôt que des vers de poëte.

Leur nature, d'ailleurs, est facilement expliquée par leur origine.

Écrits pour servir de thèmes aux compositions musicales de quelques artistes célèbres, qui m'avaient fait l'honneur de me les demander, ils ont dû nécessairement revêtir une forme et un caractère particuliers. L'Ode, en cette circonstance, devait céder le pas à la chanson. Un refrain, plus ou moins heureusement ramené, était bien autrement nécessaire qu'une pensée originale et solennelle.

J'ai cru devoir donner ici cet avertissement, afin que les personnes qui ouvriront ce livre, ne s'attendent point à y trouver ce qu'il ne contient pas.

Le désappointement du lecteur est toujours une chose fâcheuse que tout prudent écrivain doit s'efforcer de prévenir.

J. A.

Décembre 1839.

# I.

## La Gondole Noire.

à M. B. A.

En lui envoyant

**LA GONDOLE NOIRE.**

———

Sœur d'amour ! blanche sœur, dont le regard m'enivre !
Reine, à qui j'ai voué mon amour à genoux !
Voici les vers qu'on dit les meilleurs de mon Livre :
Blanche sœur, les veux-tu?... Reine, les voulez-vous ?

La boudoir noir.

# LA GONDOLE NOIRE. [1]

ans la rade qu'effleure

Le vent triste du soir,

Où va donc, à cette heure,

Où va cet esquif noir?

(1) Durant son dernier séjour à Marseille, M. Labarre, ayant entendu lire cette ballade à M. Joseph Autran, fut si vivement frappé de la mélancolique et sombre couleur dont elle est empreinte, qu'il en écrivit la musique dans quelques heures. Le même artiste a pris également pour thèmes de ses inspirations plusieurs morceaux du même poëte, tels que le *Pêcheur de Messine*, la *Bohémienne*, etc.   ( *Note de l'Editeur* ).

### LA GONDOLE NOIRE.

Sur les vagues où tombe

Le crêpe de la nuit,

On dirait une tombe

Qui navigue sans bruit....

C'est la barque qui porte

A son dernier séjour

Une belle enfant morte,

Morte du mal d'amour !


Dans leur lente cadence,

Les rames de l'esquif,

A la nuit, au silence,

Jettent leur son plaintif;

Et la torche qui veille

Sur la nacelle en deuil,

### LA GONDOLE NOIRE.

Dans la brume est pareille

Au flambeau d'un cercueil.

C'est la barque qui porte

A son dernier séjour

Une belle enfant morte,

Morte du mal d'amour.

✧

Elle était de ces âmes

Qui vivent pour aimer,

Foyers de vives flammes,

Prompts à se consumer.

De la pauvre insensée

Arthur, tendre vainqueur,

Fut la seule pensée

Qui régna dans son cœur;

## LA GONDOLE NOIRE.

Et voilà qu'on emporte
A son dernier séjour
Cette belle enfant morte,
Morte du mal d'amour.

✕

Comme si toute joie
Ne devait pas finir,
Elle avait pris la voie
D'un riant avenir:
Son cœur, où la jeunesse
Chantait un gai refrain,
Croyait vivre sans cesse
De son amour serein;
Et voilà qu'on emporte
A son dernier séjour

### LA GONDOLE NOIRE.

Cette belle enfant morte ,
Morte du mal d'amour.

○

Dans ce monde , où Dieu sème
Ses plus riches présens ,
Elle aimait ce qu'on aime
A l'aurore des ans :
Ciel bleu , jardins de roses ,
Fauvettes des buissons ;
Toutes les belles choses
Et tous les divins sons ;
Et voilà qu'on emporte
A son dernier séjour
Cette belle enfant morte ,
Morte du mal d'amour.

## LA GONDOLE NOIRE.

◊

Elle avait ce que donne
Le ciel, dans sa bonté :
Cette fraîche couronne
Qu'on appelle beauté ;
Puis tout ce qu'on achète
De riches ornemens,
Blanches robes de fête,
Colliers de diamans ;
Et voilà qu'on emporte
A son dernier séjour
Cette belle enfant morte,
Morte du mal d'amour.

◊

### LA GONDOLE NOIRE.

✿

Dans les fêtes du monde,

Qu'elle était belle à voir !

Elle était la plus blonde

Avec l'œil le plus noir !

Cependant, infidèle

Entre tous les amans,

Arthur cherchait loin d'elle

D'autres enchantemens ;

Et voilà qu'on emporte

A son dernier séjour

Cette belle enfant morte,

Morte du mal d'amour.

✿

### LA GONDOLE NOIRE.

○

De la foule ignorée,

S'élève au sein des flots

Une île consacrée

A l'éternel repos :

C'est un lieu solitaire,

Interdit aux vivans,

Où tout bruit doit se taire,

Hormis le bruit des vents ; —

Et c'est là qu'on emporte

A son dernier séjour

Cette belle enfant morte,

Morte du mal d'amour.

○

## LA GONDOLE NOIRE.

Dans l'air pas une étoile,

Pas un rayon sur l'eau ;

Le ciel semble la toile

D'un funèbre tableau.

La mer devient plus sombre

De moment en moment ;

Et nous voyons, dans l'ombre,

S'effacer lentement

La gondole, qui porte

A son dernier séjour

Une belle  enfant morte,

Morte du mal d'amour.

# II.

## La Barque Nuptiale.

# LA BARQUE NUPTIALE.

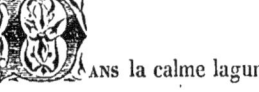

Dans la calme lagune

Que ride un vent du soir,

Aux clartés de la lune,

Mes amis, venez voir

Cette belle gondole

Qui, sur la mer d'azur,

Semble un cygne qui vole

En rasant le flot pur :

## LA BARQUE NUPTIALE.

C'est la blanche nacelle
Où sont en ce moment
Une épouse nouvelle
Et son heureux amant.

23

Sur la limpide plaine
Tout repose sans bruit;
Le vent semble l'haleine
Des anges de la nuit;
Et la lune, qui penche
Son disque vers les mers,
Du bord des cieux épanche
Ses rayons les plus clairs
Sur la blanche nacelle
Où sont en ce moment

### LA BARQUE NUPTIALE.

Une épouse nouvelle
Et son heureux amant.

23

Le mât doré déploie
Dans la brise des cieux
Un pavillon de soie
Au murmure joyeux ;
Et, le long de la poupe,
Riche en vives couleurs,
Comme aux bords d'une coupe,
S'entrelacent des fleurs :
Merveilleuse nacelle
Où sont en ce moment
Une épouse nouvelle
Et son heureux amant !

## LA BARQUE NUPTIALE.

La blonde jeune femme
Rayonne de beauté ;
L'époux n'a dans son âme
Qu'extase et volupté.
Cette heure enchanteresse,
Divin soir d'un beau jour,
Ne voit que chaste ivresse
Et que tranquille amour,
Dans la blanche nacelle.
Où sont en ce moment
Une épouse nouvelle
Et son heureux amant.

## LA BARQUE NUPTIALE.

La chanson de la lame
Et du vent faible et doux
Semble l'épithalame
Chanté pour les époux:
L'eau, que la quille presse,
Se roule dans ses jeux,
Et, comme une caresse,
L'écume des flots bleus
Embrasse la nacelle
Où sont en ce moment
Une épouse nouvelle
Et son heureux amant.

## LA BARQUE NUPTIALE.

Une douce harmonie

D'instrumens amoureux

De la barque bénie

S'exhale en sons heureux.

Flûtes et mandolines

Unissent leurs accords,

Et leurs notes divines

Conduisent loin des bords

Cette blanche nacelle

Où sont en ce moment

Une épouse nouvelle

Et son heureux amant.

## LA BARQUE NUPTIALE.

Sur la lointaine grève,

Dont la mer fait le tour,

Une Villa s'élève,

Magnifique séjour :

Elle cache, dans l'ombre

De ses arbres fleuris,

Des merveilles sans nombre

Et des trésors sans prix ;

Et la blanche nacelle

Y porte en ce moment

Une épouse nouvelle

Et son heureux amant.

## LA BARQUE NUPTIALE.

Une voix qu'on écoute

Ordonne aux avirons

De poursuivre la route

A mouvemens plus prompts.

A cette heureuse rive

Où l'amour est couché,

La barque fugitive

Aura bientôt touché.

Adieu, blanche nacelle

Où sont en ce moment

Une épouse nouvelle

Et son heureux amant !

# III.

## A Joseph Artot.

à JOSEPH ARTOT,

En lui dédiant

## LA RÊVERIE DE LA CHATELAINE.

Par un des soirs brumeux de ce triste novembre,

Couchés sur ton sopha, nous causions dans ta chambre,

Vrai réduit de l'artiste, où l'ordre nulle part

Ne se trouve, excepté dans ses ouvrages d'art ;

Où gisent confondus sur les tapis de soie

Grands Albums dont la page au zéphyr se déploie,

A JOSEPH ARTOT.

Et pipes de Stamboul, dont le foyer éteint
De la feuille brûlée a revêtu le teint.

Tous deux, enveloppés des vapeurs du cigare,

Nuage où la pensée en se jouant s'égare,

Dans de longs entretiens nous parlions tour à tour

Des grands arts fraternels que nous aimons d'amour,

Musique et poésie, inventions des anges,

Sœurs qui marchent ensemble et qui vivent d'échanges,

Et qui, durant l'exil de l'homme en ce bas lieu,

Lui font rêver déjà les biens promis de Dieu.

—Et puis, toi noble enfant, sitôt né pour la gloire,

Daignant te contenter de moi pour auditoire,

Tu jouais par momens sur l'instrument divin

Un des chants que jamais nous n'écoutons en vain,

Hymnes mélodieux qui font entendre à l'âme

La parole de l'homme et l'accent de la femme,

### A JOSEPH ARTOT.

Et, d'un orchestre entier possédant tous les sons,

Viennent remplir les cœurs d'électriques frissons ;

Rires joyeux, sanglots d'un cœur qui se lamente,

Paroles que tout-bas on murmure à l'amante,

Chants de la volupté qui s'endort sur les fleurs,

Cris de la passion qui hurle ses douleurs ! —

Puis, tu jouas aussi, sur les cordes nerveuses,

Plusieurs de ces chansons plaintives et rêveuses

Qui font penser au soir, aux horizons voilés,

Aux longs soupirs du vent tristement modulés,

Aux femmes qui, d'un œil que la tristesse voile,

Regardent du balcon le ciel bleu qui s'étoile ;

Mélancoliques chants aux refrains lents et doux,

Que souvent on répète et qu'on aime entre tous.

— Moi, poète fervent, épris de ton génie,

Quand j'eus bien savouré ta suave harmonie,

### A JOSEPH ARTOT.

Je me levai muet, et, te serrant la main,

De ma haute maison je repris le chemin.

La nuit vint; le sommeil ne vint pas avec elle:

Alors, d'un pauvre luth privé de chanterelle,

Tirant quelques accords, j'écrivis au hasard

Ces rimes, où mon art est bien loin de ton art.

— Si ces vers, dont tu fus l'inspirateur magique,

Ne te paraissent pas dignes de ta musique,

Tu peux en allumer ta pipe de Pacha,

Somptueux instrument qu'un sculpteur guillocha,

Long tube de jasmin d'où le tabac d'Asie

Exhale ses flocons de fumeuse ambroisie;

Ou bien le cigarette, aimé des Andaloux,

Qui parfume les airs de tourbillons plus doux;

Tuyau de papier fin, que, de tes doigts agiles,

Tu prépares toi-même aux fumeurs inhabiles,

### A JOSEPH ARTOT.

Quand des amis reçus, le soir, à ton foyer,

Aux plaisirs du tabac chacun veut s'essayer ;

Ou bien le vrai cigare arrivé de Havane ;

Soit enfin l'instrument des fils de la savane,

Qu'au pays des Natchez le simple Outougamis

Offre à tout voyageur dans sa cabane admis :

Calumet primitif de la hutte indienne,

Que mon amitié franche accepta de la tienne,

Le jour où, me voyant pour la première fois,

Tu me le présentas comme un bon Iroquois.

6 Novembre 1839.

La rêverie de la Châtelaine.

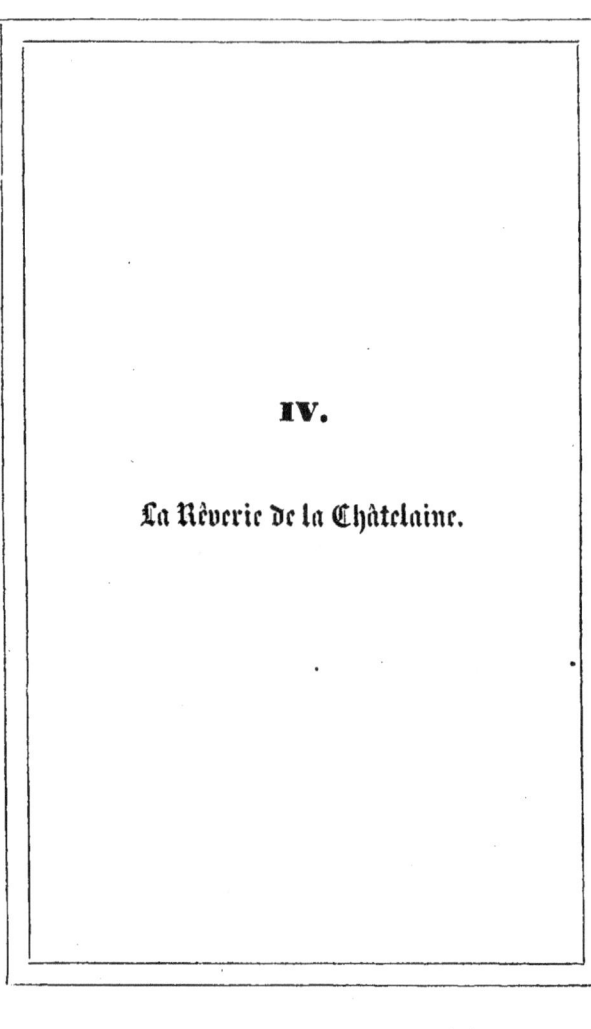

# IV.

## La Rêverie de la Châtelaine.

## LA RÊVERIE DE LA CHATELAINE.

 votre fenêtre lointaine,

Qu'ombrage un berceau de jasmins,

Pourquoi pencher, ô châtelaine,

Le front dans vos deux blanches mains?

### LA RÊVERIE DE LA CHATELAINE.

Jamais aussi morne tristesse

N'avait obscurci votre œil noir :

Oh! dites-nous, noble comtesse,

A quoi pensez-vous donc ce soir ?

Est-ce aux dernières fleurs fanées,

Qui semblent pleurer le printemps ,

Images des tristes années

Où vous pleurerez vos vingt ans ?

Mais , des beautés que l'on adore,

Dont notre cœur sait le pouvoir,

Vous êtes la plus belle encore ....

A quoi pensez-vous donc ce soir ?

### LA RÊVERIE DE LA CHATELAINE.

Est-ce au chevalier votre frère,

Qui, l'an passé, vous dit adieu,

Et fut, sur la rive étrangère,

Servir la cause de son Dieu?

Mais, avant moins d'une semaine,

Ici vous devez le revoir;

Vous le savez, ô châtelaine!

A quoi pensez-vous donc ce soir?


Est-ce aux nuages de l'automne,

Que vous semblez suivre de l'œil?

Est-ce à la brise monotone

Qui gémit comme une âme en deuil?

Est-ce à la lune, dont la face

Des étangs blanchit le miroir?

## LA RÊVERIE DE LA CHATELAINE.

Dites-nous, dites-nous de grâce,
A quoi pensez-vous donc ce soir ?


Est-ce à la nuit ? à son silence,
Qu'interrompent les bruits du vent ?
Est-ce à la cloche qu'on balance
Dans le clocher du vieux couvent ?
Est-ce au loin signal que répète
Le cor dans un lointain manoir ?
Oh ! dites-nous, femme inquiète,
A quoi pensez-vous donc ce soir ?


De la part de son noble maître,
Ce matin, un page est venu :

### LA RÊVERIE DE LA CHATELAINE.

Dans vos mains on l'a vu remettre

Un envoi pour nous inconnu.

A-t-il détruit par ce message

Quelque jeune et riant espoir?

Châtelaine au pâle visage,

A quoi pensez-vous donc ce soir?

# V.

## Le bruit de la Chasse.

# LE BRUIT DE LA CHASSE.

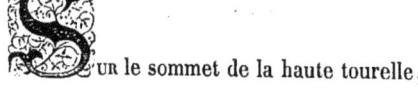

Sur le sommet de la haute tourelle,
Seule je monte, et m'assieds à l'écart !
Le noble Arthur, quand la chasse l'appelle,
Semble toujours plus rapide au départ.

### LE BRUIT DE LA CHASSE.

Comme le vent qui dévore la plaine ,

Il est parti sur son noir palefroi.

Ses compagnons , que sa parole entraîne,

Formaient la cour dont il semblait le roi !

    Et voilà qu'à cette heure ,

    Pauvre fille qui pleure ,

    De ma haute demeure

    J'ai gravi le donjon ; —

    Et des cors de la chasse

    J'écoute dans l'espace

    La cadence qui passe

    Au lointain horizon.

Comme ses yeux étincelaient de joie ,

Et sur son front comme brillait l'orgueil ,

### LE BRUIT DE LA CHASSE.

Quand, revêtu de velours et de soie,

Du vaste parc il a franchi le seuil!

De son coursier tout blanchissant d'écume,

D'un bras puissant, il contenait l'essor;

Et, dans les airs, il balançait la plume

Qui de son casque orne le cimier d'or!

  Et voilà qu'à cette heure,

  Pauvre fille qui pleure,

  De ma haute demeure

  J'ai gravi le donjon;—

  Et des cors de la chasse

  J'écoute dans l'espace

  La cadence qui passe

  Au lointain horizon.

### LE BRUIT DE LA CHASSE.

Ignore–t-il que mon âme oppressée,

Pour lui, d'amour languit secrètement?

N'a–t-il jamais su lire la pensée

Que mon regard trahit à tout moment?

Non; les tournois et la chasse et la guerre

Captivent seuls son cœur et son esprit;

De tendre amour il ne s'occupe guère :

Lorsque parfois on en parle, il en rit.

    Et voilà qu'à cette heure,

    Pauvre fille qui pleure,

    De ma haute demeure

    J'ai gravi le donjon; —

    Et des cors de la chasse

    J'écoute dans l'espace

    La cadence qui passe

    Au lointain horizon.

## LE BRUIT DE LA CHASSE.

◌

Hélas ! où sont les beaux jours éphémères
Dont la mémoire est pleine de douceur,
Où nous vivions, sous les yeux de nos mères,
Lui comme un frère et moi comme une sœur !
Alors, du moins, de cette étroite enceinte,
Pour ses plaisirs il ne s'écartait pas ;
Ou, s'il sortait, je pouvais sans contrainte
Sur la colline accompagner ses pas.

Et voilà qu'à cette heure,
Pauvre fille qui pleure,
De ma haute demeure
J'ai gravi le donjon; —
Et des cors de la chasse
J'écoute dans l'espace

LE BRUIT DE LA CHASSE.

La cadence qui passe

Au lointain horizon.

# VI.

à M. S. BERTEAUT.

La Bohémienne.

# LA BOHÉMIENNE.

auvre fille inconnue,

Vain jouet du destin,

Vers vous je suis venue

De mon pays lointain.

### LA BOHÉMIENNE.

J'eus une enfance amère,

Sans joyeux souvenir ;

Et je crois que ma mère

Mourut sans me bénir.

   Fille vagabonde,

   Je parcours le monde

   Avec mon tambour ;

   Et, sous sa cadence,

   Je chante et je danse

   Dans tout carrefour.

❖

Ma vie, où tout se mêle,

Brillant sourire et pleurs ,

A la fois triste et belle ,

Chante dans les douleurs !

## LA BOHÉMIENNE.

Ma bizarre parure
Est plus étrange encor :
C'est un lambeau de bure
Avec des franges d'or.
　Fille vagabonde,
　Je parcours le monde
　Avec mon tambour;
　Et, sous sa cadence,
　Je chante et je danse
　Dans tout carrefour.

❖

Heureuses sont les filles
Que des époux constans
Prennent dans leurs familles,
Et qu'ils aiment long-temps !

### LA BOHÉMIENNE.

Moi, bien que des plus belles,

J'eus, par un sort moins doux,

Dix amans infidèles

Et jamais un époux.

 Fille vagabonde,

 Je parcours le monde

 Avec mon tambour ;

 Et, sous sa cadence,

 Je chante et je danse

 Dans tout carrefour.

    ✤

Sans guide ni compagne,

Seule j'ai visité

De l'antique Allemagne

Toute grande cité ;

## LA BOHÉMIENNE.

Et puis de l'Italie
J'ai couru les chemins,
Quelquefois accueillie
Dans les couvens romains.

    Fille vagabonde,
    Je parcours le monde
    Avec mon tambour;
    Et, sous sa cadence,
    Je chante et je danse
    Dans tout carrefour.

❖

Errante voyageuse,
J'ai vu, dans ses brouillards,
L'Écosse nuageuse,
Vieux nid de montagnards;

### LA BOHÉMIENNE.

Malgré leurs froids rigides,

J'aime ses monts lointains,

Où mes sœurs les Sylphides

Font danser les Lutins.

   Fille vagabonde,

   Je parcours le monde

   Avec mon tambour ;

   Et, sous sa cadence,

   Je chante et je.danse

   Dans tout carrefour.

⋄

Toujours prête à sourire

A tous les sorts divers,

Sur un frêle navire

J'ai traversé les mers.

## LA BOHÉMIENNE.

Pour payer mon passage,
Souvent, j'ai sur les flots
Fait danser l'équipage
Au bruit de mes grelots.
 Fille vagabonde,
 Je parcours le monde
 Avec mon tambour, .
 Et, sous sa cadence,
 Je chante et je danse
 Dans tout carrefour.


❖


Un jour sur cette rive
J'ai voulu m'arrêter,
Et voilà que j'arrive
Toujours prête à chanter :

## LA BOHÉMIENNE.

On m'a dit que la France

Est un pays joyeux ;

C'est la belle espérance

Qui m'amène en ces lieux !

   Fille vagabonde ,

   Je parcours le monde

   Avec mon tambour,

   Et, sous sa cadence,

   Je chante et je danse

   Dans tout carrefour.

# VII.

à M. A. CARLE.

## Le Pêcheur de Messine.

# LE PÊCHEUR DE MESSINE.

UAND sur les monts qu'elle dessine

La lune apparaît lentement,

Viens sur la plage de Messine,

Viens me chercher, ô mon amant!

— Fille charmante! sur la dune,

Ainsi tu parlais ce matin;

Arrive donc, déjà la lune

Se lève sur le cap lointain.

### LE PÊCHEUR DE MESSINE.

Viens, j'ouvrirai mes blanches voiles,
Et jusqu'au jour
Nous irons chanter aux étoiles
Un chant d'amour.

Viens! pas de crainte qui t'arrête :
Les blancs alcyons dans leurs nids,
Sous l'aile repliant la tête,
Dorment sur les flots aplanis.
Les zéphyrs de l'humide plaine,
Ce soir, sont doux à respirer :
Moins doux pourtant que ton haleine
Dont je vais bientôt m'enivrer!...
Viens, j'ouvrirai mes blanches voiles,
Et jusqu'au jour

### LE PÊCHEUR DE MESSINE.

Nous irons chanter aux étoiles
Un chant d'amour.

O volupté! voguer ensemble,
Ne plus voir au loin que les cieux,
Et que la mer, qui brille et tremble
Sous leur dôme silencieux!
Oublier la terre et le monde,
Les surveillans et les jaloux!
Sourire au ciel, sourire à l'onde,
Et nous sourire ensuite à nous!
Viens, j'ai déjà tendu mes voiles,
Et jusqu'au jour
Nous irons chanter aux étoiles
Un chant d'amour!

### LE PÊCHEUR DE MESSINE.

L'heure s'écoule, et, sur la grève,

Seul je languis depuis long-temps.

La lune aux cieux toujours s'élève :

Arrive, arrive, oh! je t'attends!

N'ai-je pas vu, dans le bois sombre,

Ton voile par l'air agité?....

Serait-ce toi? n'est-ce qu'une ombre?

Oui, c'est toi-même, ô ma beauté!

Viens; j'ai tendu mes blanches voiles,

Et jusqu'au jour

Nous allons chanter aux étoiles

Un chant d'amour!

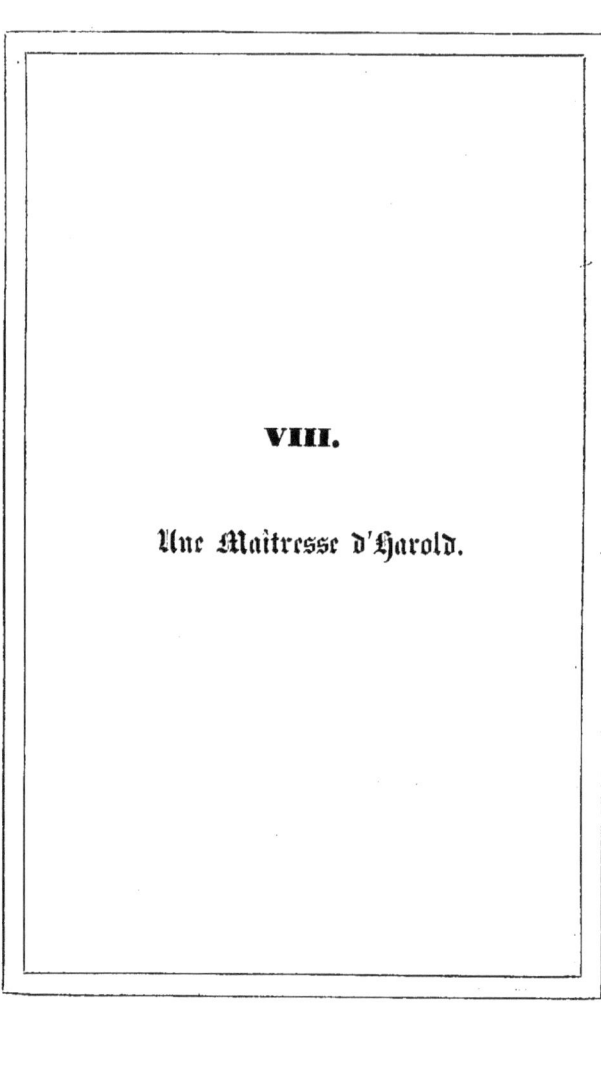

# VIII.

## Une Maitresse d'Harold.

# UNE MAITRESSE D'HAROLD.

OURQUOI, doux poète que j'aime,

De ton amour faire un serment?

S'il était vrai, près de moi-même

Languirais–tu si tristement?

— Oh! que ne suis–je une chimère,

De celles que cherchent tes yeux :

### UNE MAITRESSE D'HAROLD.

Fantôme vain, chose éphémère,
Tu m'aimerais peut-être mieux.

◊

Je voudrais être, à la nuit brune,
L'étoile éclose au bord des flots;
Ou la lumière de la lune
Qui brille à travers les bouleaux.
Du jour naissant je voudrais être
Le rayon d'or, qui vient joyeux
Luire aux vitreaux de ta fenêtre;
Tu m'aimerais peut-être mieux.

◊

Je voudrais être le nuage
Bercé par l'aile des autans,

UNE MAITRESSE D'HAROLD.

En qui tu crois voir une image
Que tu regardes si long-temps!
Ou bien, la couleur azurée
De ces monts qui touchent les cieux :
Brillant azur, forme éthérée,
Tu m'aimerais peut–être mieux!

◊

Je voudrais être la voix douce
Des brises qui chantent le soir,
Parmi les herbes et la mousse
Des rochers où tu vas t'asseoir;
Ou bien, de la source lointaine
Le roulement mélodieux :
Bruit du vent ou de la fontaine,
Tu m'aimerais peut–être mieux!

### UNE MAITRESSE D'HAROLD.

○

Je voudrais être la cadence
Des vers que tu redis tout-bas,
Et surtout ce que ton cœur pense
Et ta parole ne dit pas :
Accent de tes vers, fantaisie
De ton cerveau capricieux,
Fiction, rêve, poésie,
Tu m'aimerais peut-être mieux !

○

Oui, doux poète que j'adore,
Toi qui t'en vas, loin des humains,
Par les bords que la foule ignore,
Par les montagnes sans chemins;

### UNE MAITRESSE D'HAROLD.

Dans ces déserts où tu te plonges ,

L'œil sur la terre et l'âme aux cieux,

Je voudrais être un de tes songes :

Tu m'aimerais peut–être mieux !

# IX.

## Le Ramier Messager.

## LE RAMIER MESSAGER.

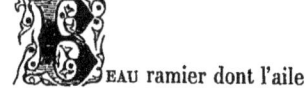

Beau ramier dont l'aile

Fend le vague azur,

Va trouver ma belle

Dont l'œil est si pur!

### LE RAMIER MESSAGER.

Au lointain rivage

Par elle habité,

Porte ce message

Qu'Amour a dicté;

Puis, rapporte vite,

Par un sûr chemin,

Quelque feuille écrite

De sa blanche main.

✿

Traverse l'espace,

Aussi prompt dans l'air

Que le trait qui passe,

Que le vif éclair,

Ou que ma pensée

Qui, si promptement,

## LE RAMIER MESSAGER.

Vers ma fiancée

Vole à tout moment !

Et rapporte vite,

Par un sûr chemin,

Quelque feuille écrite

De sa blanche main.

○

Durant ton voyage,

Charmant messager,

Évite au passage

Tout cruel danger.

Laisse sur ta tête

Planer, tour à tour,

La noire tempête

Ou le noir vautour ;

LE RAMIER MESSAGER.

Et rapporte vite,
Par un sûr chemin,
Quelque feuille écrite
De sa blanche main.

○

Tendre oiseau que j'aime,
Que j'offrirais d'or
Pour pouvoir moi-même
Suivre ton essor !
Admis dans la chambre
De ma blanche sœur,
De son souffle d'ambre
Connais la douceur;
Et rapporte vite,
Par un sûr chemin,

### LE RAMIER MESSAGER.

Quelque feuille écrite
De sa blanche main !

◇

Si l'enchanteresse,
Au cœur ingénu,
Dans ses bras te presse
Comme un bien venu,
De ton aile heureuse
Caresse un instant
La gaze amoureuse
Du sein palpitant ;
Et rapporte vite,
Par un sûr chemin,
Quelque feuille écrite
De sa blanche main !

### LE RAMIER MESSAGER.

◇

Ne vas pas, près d'elle,

Fleur de mes amours,

Ramier infidèle,

Demeurer toujours!

Laisse-la te dire

Des mots gracieux;

Laisse-la sourire

Avec ses doux yeux;

Et rapporte vite,

Par un sûr chemin,

Quelque feuille écrite

De sa blanche main!

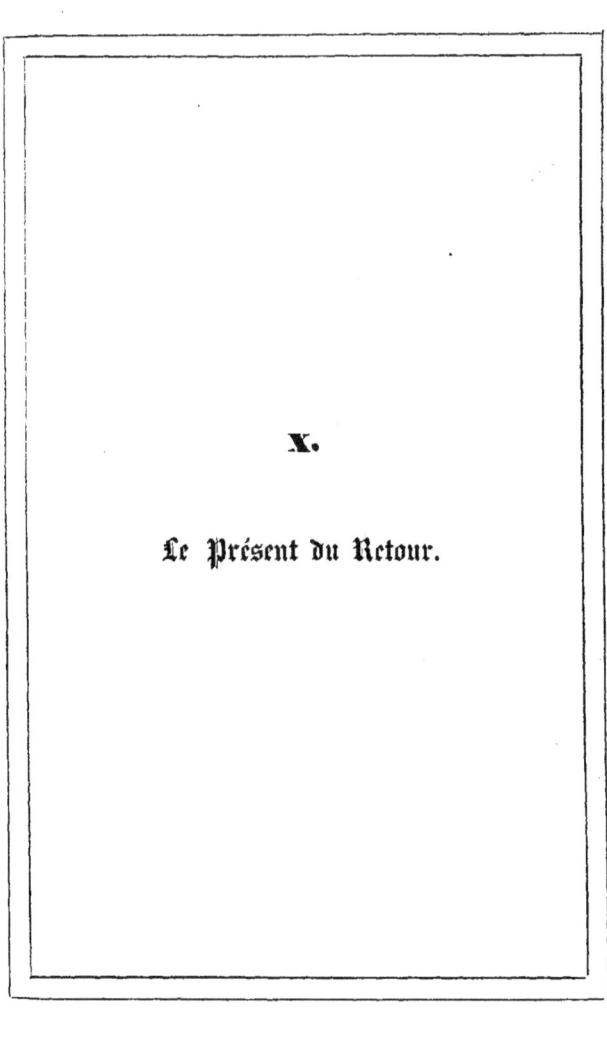

# X.

## Le Présent du Retour.

## LE PRÉSENT DU RETOUR.

N ordre, à mon âme odieux,

Pour long-temps loin de vous m'entraîne :

Recevez mes tristes adieux,

Disait-il à sa souveraine.

Je vais, conduit par les destins,

Traverser l'Afrique et l'Asie :

Quel objet de ces bords lointains

Peut tenter votre fantaisie?

### LE PRÉSENT DU RETOUR.

Des lieux que je vais visiter
Quel don puis-je vous rapporter ?
— Rapportez-moi, murmurait-elle,
Un cœur à vos sermens fidèle.

⚓

Permettrez-vous qu'à mon retour
Je pare votre col d'ivoire
D'un collier au triple contour,
Chaîne vermeille, blanche et noire ?
Dois-je, pour mieux charmer vos yeux,
Vous rapporter une mantille,
Tissu flottant aux plis soyeux,
Pris dans un palais de Castille ?
Des lieux que je vais visiter,
Quel don puis-je vous rapporter ?

## LE PRÉSENT DU RETOUR.

— Rapportez-moi, murmurait-elle,
Un cœur à vos sermens fidèle.

Pourrai-je vous offrir en don
Quelque oiseau d'un brillant plumage,
Et qui, sachant votre doux nom,
Le redira dans son ramage ?
Ou bien, préférez-vous avoir,
Pour vous servir comme une reine,
Un petit esclave au teint noir,
Que vous appellerez Ébène !
Des lieux que je vais visiter,
Quel don puis-je vous rapporter ?
— Rapportez-moi, murmurait-elle,
Un cœur à vos sermens fidèle !

## LE PRÉSENT DU RETOUR.

Voulez-vous un riche éventail,

Fait d'une écorce diaphane,

Pareil à celui qu'au sérail

Le sultan donne à la sultane ?

Ou bien, présent plus rare encor,

Sera-ce une ombrelle indienne,

Où pendent cent clochettes d'or,

Douce musique aérienne ?

Des lieux que je vais visiter,

Quel don puis-je vous rapporter ?

— Rapportez-moi, murmurait-elle,

Un cœur à vos sermens fidèle.

## LE PRÉSENT DU RETOUR.

— Avec un douloureux effort,

Il se détacha de l'amante,

Qui resta seule sur le bord,

L'œil fixé sur l'onde écumante.

Long-temps, d'un regard attentif,

Elle suivit la blanche trace

Du navire au vol fugitif,

Prompt à s'éloigner dans l'espace.

Aux confins de l'onde et des cieux,

Lorsqu'il disparut à ses yeux :

— Oh ! rapporte-moi, disait-elle,

Un cœur à tes sermens fidèle !

# XI.

## Le Clair de Lune sur la Tombe.

# LE CLAIR DE LUNE SUR LA TOMBE.

E soir comme autrefois, ce soir comme toujours,

Elle se lève, au bord des cieux qu'elle colore,

Cette lune d'argent qui, naguères encore,

Éclairait dans la nuit nos tranquilles amours ;

### LE CLAIR DE LUNE SUR LA TOMBE.

Et maintenant voilà que sa pâle lumière
De la tombe où tu dors vient éclairer la pierre !

◉

O pauvre Lucia ! quand, la main dans la main,
L'an passé, nous suivions le sentier du bois sombre,
A travers les bouleaux, l'astre, brillant dans l'ombre,
Semblait en souriant nous montrer le chemin ;
Et maintenant voilà que sa pâle lumière
De la tombe où tu dors vient éclairer la pierre !

◉

Quand sur le lac d'azur, solitaires amans,
Nous allions respirer une nuit amoureuse,
La blanche lune, autour de notre barque heureuse,
Semait les sombres flots de mille diamans ;

### LE CLAIR DE LUNE SUR LA TOMBE.

Et maintenant, voilà que sa pâle lumière
De la tombe où tu dors vient éclairer la pierre !

⬤

Aux jours où, séparés par le destin jaloux,
Nous comptions les instans de l'absence maudite,
De loin, nous regardions ensemble, à l'heure dite,
Ce même astre, où nos yeux se donnaient rendez-vous ;
Et maintenant, voilà que sa pâle lumière
De la tombe où tu dors vient éclairer la pierre !

⬤

Aux heures de l'extase et du ravissement,
Combien de fois j'ai vu sa lueur éthérée
Descendre du ciel bleu sur ta tête adorée,
Auréole d'amour au doux rayonnement !

### LE CLAIR DE LUNE SUR LA TOMBE.

Et maintenant, voilà que sa pâle lumière,
De la tombe où tu dors vient éclairer la pierre!

Silencieux témoin des seuls momens heureux
Que Dieu m'ait accordés dans mon rude voyage,
O lune! maintenant, sur ce triste rivage,
Tu me retrouves seul où tu nous as vus deux ;
Et le moment approche où ta pâle lumière
Ne rencontrera plus que deux noms sur la pierre!

# XII.

À M. GASTON DE FLOTTE,

AU DÉSERT DE SAINT-JEAN.

———❦———

## La Caravane égarée.

# LA CARAVANE ÉGARÉE.

UNE VOIX :

ous avons cherché, dès l'aurore,

La verte Oasis des vallons.

Le soir vient, nous marchons encore,

Ne sachant plus où nous allons.

## LA CARAVANE ÉGARÉE.

Le hasard inconstant nous mène

A travers ce morne océan ;

On dirait l'éternel domaine

Qu'habite l'éternel néant !

CHOEUR :

A l'horizon vide,

Le regard se perd ;

Dans la plaine aride,

Nous voilà sans guide, .

Égarés au milieu de l'immense désert !

UNE VOIX :

A l'espoir nous laissant séduire,

Nous avions cru que nos chameaux

Sauraient d'eux-mêmes nous conduire

## LA CARAVANE ÉGARÉE.

Vers la vallée aux frais rameaux ;

Mais le brûlant Simoun qui passe,

Roule les sables sous son vol,

Et leurs pieds ont perdu la trace,

Tant de fois imprimée au sol.

CHOEUR :

A l'horizon vide

Le regard se perd ;

Dans la plaine aride,

Nous voilà sans guide,

Égarés au milieu de l'immense désert !

UNE VOIX :

O Dieu ! de l'horrible savane,

Viendras-tu nous sauver enfin ?

### LA CARAVANE ÉGARÉE.

Déjà , vers notre caravane ,

S'avancent la soif et la faim.

Dans cette plaine infranchissable ,

Combien d'autres se sont perdus ,

Dont nous pouvons voir sur le sable

Les blancs squelettes étendus !

##### CHŒUR :

A l'horizon vide ,

Le regard se perd ;

Dans la plaine aride ,

Nous voilà sans guide ,

Égarés au milieu de l'immense désert !

##### UNE VOIX :

La nuit , avec son voile d'ombre , ·

LA CARAVANE ÉGARÉE.

Descend sur nous de toutes parts ;

Et l'horizon , toujours plus sombre ,

Se rétrécit à nos regards.

Notre muette inquiétude

S'accroît de momens en momens :

Les lions de la solitude

Ont poussé des rugissemens !...

CHOEUR :

A l'horizon vide ,

Le regard se perd ;

Dans la plaine aride ,

Nous voilà sans guide ,

Égarés au milieu de l'immense désert !

UNE VOIX :

Ombre terrible , nuit mortelle ,

### LA CARAVANE ÉGARÉE.

Pareille à la nuit du tombeau !

L'aurore aux cieux reviendra-t-elle

Rallumer pour nous son flambeau ?

Et quand, de la céleste voûte,

Tombera son premier rayon,

Viendra-t-il nous montrer la route,

Et les palmiers à l'horizon ?

CHOEUR :

A l'horizon vide,

Le regard se perd :

Dans la plaine aride,

Nous voilà sans guide,

Égarés au milieu de l'immense désert !

# XIII.

à M. DOSITHÉE TEISSÈRE.

—→→→◦►◄◄←—

## Le Carrefour des Bois.

Le Carrefour des bois.

# LE CARREFOUR DES BOIS.

N ce jour funéraire,

Nous avons, aux flambeaux,

Fêté l'anniversaire

Du peuple des tombeaux ; —

Et puis, l'ombre est venue ;

Minuit ; comme un signal,

## LE CARREFOUR DES BOIS.

A sonné dans la nue,

Sur un timbre infernal ;

Et, quittant leur demeure,

Tous les morts à la fois

Vont danser à cette heure,

Au carrefour des bois.

Du fond des ossuaires,

Ils s'élancent, couverts

Des haillons de suaires

Qu'ont épargnés les vers ;

Et ce lambeau, qu'à peine

Leurs doigts ont pu lier,

Retombe, et dans la plaine

S'accroche à tout hallier.

## LE CARREFOUR DES BOIS.

Sortis de leur demeure,

Tous les morts à la fois

Vont danser à cette heure

Au carrefour des bois.

Leur foule, rassemblée

En épais tourbillons,

A franchi la vallée,

A franchi les sillons ;

Ils courent : dans leur fuite,

Leurs pieds rasent le sol.

Ils vont vite, plus vite

Qu'une hirondelle au vol !

Sortis de leur demeure,

Tous les morts à la fois

### LE CARREFOUR DES BOIS.

Vont danser à cette heure
Au carrefour des bois.

⚜

Au son d'une cadence
Inconnue aux humains,
Les spectres, dans leur danse,
Entrelacent leurs mains.
Sous la voûte des chênes,
Résonnent par momens
Des bruits de lourdes chaînes
Et des bruits d'ossemens.
Sortis de leur demeure,
Tous les morts à la fois
Vont danser à cette heure
Au carrefour des bois !

## LE CARREFOUR DES BOIS.

Astre au blême visage,

La lune, chère aux morts,

D'un livide nuage

A déchiré les bords ;

Et sa face blafarde

Aux rayons pâlissans,

Du haut des cieux , regarde

Les fantômes dansans !

Sortis de leur demeure,

Tous les morts à la fois

Vont danser à cette heure

Au carrefour des bois.

### LE CARREFOUR DES BOIS.

Enfans, que les chimères
Chaque soir font frémir,
Sous les yeux de vos mères,
Hâtez-vous de dormir.
Si vous faisiez entendre
Un seul mot indiscret,
Un mort viendrait vous prendre
Et vous emporterait !
Sortis de leur demeure,
Tous les morts à la fois
Vont danser à cette heure
Au carrefour des bois !

Voyageurs, qui dans l'ombre
Vous en allez tremblans,

### LE CARREFOUR DES BOIS.

Passez loin du bois sombre

Où vont les spectres blancs ;

Sinon, sous les vieux dômes

De la noire forêt,

La ronde des fantômes

De vous s'emparerait !

Sortis de leur demeure,

Tous les morts à la fois

Vont danser à cette heure

Au carrefour des bois !

Et nous, hommes et femmes,

Nés d'ancêtres communs,

Prions tous pour les âmes

De nos aïeux défunts ;

### LE CARREFOUR DES BOIS.

Sinon, dans l'ombre obscure,

Surgirait à notre œil

Quelque pâle figure

Échappée au cercueil.

Sortis de leur demeure,

Tous les morts, à la fois

Vont danser à cette heure

Au carrefour des bois !


Heure horrible entre toutes,

Et funeste aux humains :

Le ciel cache ses voûtes,

La terre ses chemins.

La montagne et la grève

Pleurent en ce moment :

### LE CARREFOUR DES BOIS.

Chaque son qui s'élève

Est un gémissement.

Et, dans la nuit profonde

Jetant leurs tristes voix,

Les morts dansent la ronde

Au carrefour des bois!

# XIV.

à M. BATTLE.

Néére.

(D'APRÈS L'ANTIQUE).

# NÉÉRE.

(D'APRÈS L'ANTIQUE).

ANS ta barque légère,

Ce soir même, ce soir,

Tu devais, ô Néére,

Venir ici me voir.

Dans la grotte où j'habite,

Sombre asile d'amour,

### NÉÉRE.

A ta douce visite
J'ai songé tout le jour ;
Mais, de la mer profonde,
Ce soir, avec fracas,
Les vents soulèvent l'onde,
Et tu ne viendras pas !

○

Sur la mer azurée,
Lorsque, voguant la nuit,
O fille désirée,
Tu viens seule et sans bruit,
Moi, pauvre enfant sauvage,
Souvent j'ai cru, tremblant,
Voir surgir au rivage
Vénus en voile blanc ;

## NÉÉRE.

Mais, de la mer profonde,
Ce soir, avec fracas,
Les vents soulèvent l'onde,
Et tu ne viendras pas!

❀

Hier qu'en ta demeure
Un Dieu te retenait,
Aucun vent à cette heure
Dans l'air ne résonnait;
Au loin le flot limpide
Dormait silencieux,
Vaste miroir sans ride
Où se miraient les cieux;
Mais, de la mer profonde,
Ce soir, avec fracas,

### NÉÉRE.

Les vents soulèvent l'onde,
Et tu ne viendras pas !

○

Comme un heureux présage,
Ce matin, le soleil
A montré son visage
Ceint d'un éclat vermeil ;
Son céleste sourire
Sur moi s'est arrêté :
Il semblait me prédire
Le bonheur souhaité;
Mais, de la mer profonde,
Ce soir, avec fracas,
Les vents soulèvent l'onde,
Et tu ne viendras pas !

## NÉÉRE.

o

D'une mer endormie

Sous les vents apaisés,

Si la nature amie

Nous eût favorisés,

Dans ce lieu solitaire,

Nos cœurs, en ce moment,

Auraient du doux mystère

Goûté l'enivrement ;

Mais, de la mer profonde,

Ce soir, avec fracas,

Les vents soulèvent l'onde,

Et tu ne viendras pas !

o

NÉÉRE.

Dans la grotte secrète

Qui ne s'ouvre qu'à nous,

Ta molle couche est prête,

Tapis de sable doux...

De ce lit, ô ma reine !

Préparé par mes mains,

J'avais couvert l'arène

De lys et de jasmins ;

Mais, de la mer profonde,

Ce soir, avec fracas,

Les vents soulèvent l'onde,

Et tu ne viendras pas !

# XV.

à M. MÉRY,

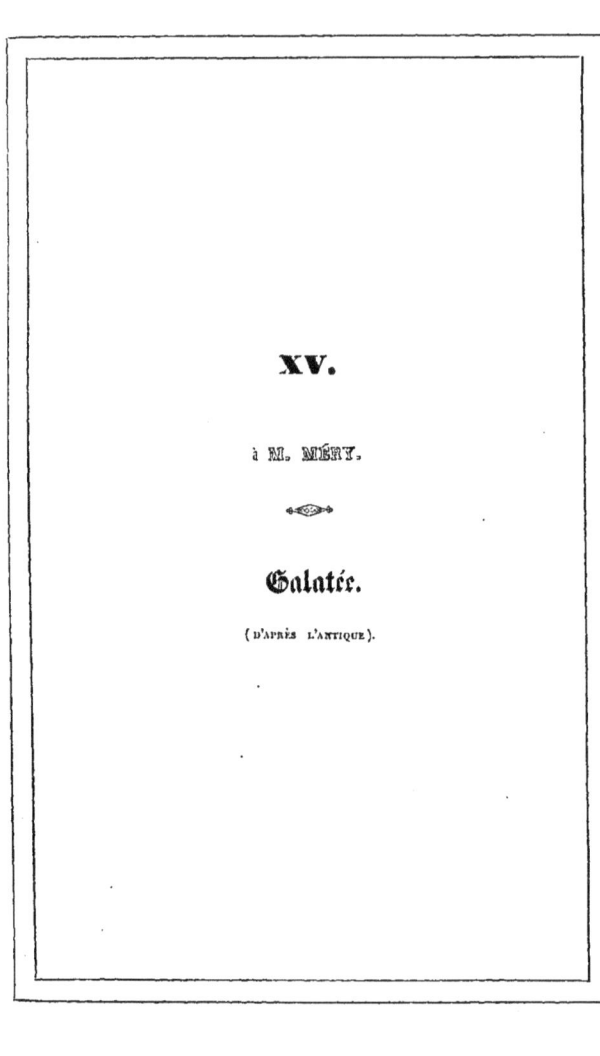

## Galatée.

(D'APRÈS L'ANTIQUE).

# GALATÉE.

( D'APRÈS L'ANTIQUE ).

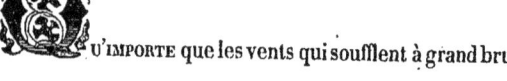

Q'IMPORTE que les vents qui soufflent à grand bruit

Contre les noirs écueils, ce soir, déchirent l'onde !

Sous le toit caverneux de ma grotte profonde,

Tu pourras, sans danger, dormir toute la nuit :

### GALATÉE.

Au bruit tumultueux de la vague irritée,
Dors d'un sommeil tranquille, ô blanche Galatée !

✿

De l'orageux Notus quand retentit la voix,
Dans le creux des vieux pins la colombe se cache,
Et, repliant le front sous son aile sans tache,
Paisible, elle sommeille au murmure des bois.
Au bruit tumultueux de la vague irritée,
Sommeille ici, comme elle, ô blanche Galatée !

✿

Mes mains ont revêtu des tissus les plus doux
La couche bien heureuse où ta beauté repose,
Où, la bouche entr'ouverte et la paupière close,
Tu dors, le front penché sur mes tremblans genoux :

### GALATÉE.

Au bruit tumultueux de la vague irritée,
Dors sur le lin d'Egypte, ô blanche Galatée !

○

Les flocons écumeux sortis des flots amers
D'une éclatante neige ont argenté la grève ;
Mais, sous le voile fin que la brise soulève,
Ton sein n'est pas moins pur que l'écume des mers :
Au bruit tumultueux de la vague irritée,
Dors sur la blanche plage, ô blanche Galatée !

○

Ton beau corps immobile, étendu sous mes yeux,
Semble un marbre sorti des mains de Praxitèle,
Vivant chef-d'œuvre, orné d'une grâce immortelle,
Créé par le ciseau pour un temple des Dieux !

### GALATÉE

Au bruit tumultueux de la vague irritée,
Dors sous mes yeux ravis, ô blanche Galatée!

○

Loin du port, à cette heure, il est des matelots
Ballottés par les vents sur la mer écumante;
Laissons ces malheureux, hurlant dans la tourmente,
Avec leurs vaisseaux noirs s'engloutir sous les flots:
Au bruit tumultueux de la vague irritée,
Dors heureuse et sans crainte, ô blanche Galatée!

○

Aux bords Siciliens, ton effroyable amant
Te réclame, et de pleurs mouille son œil unique;
Laisse l'affreux vieillard de l'Ile volcanique
Grossir la voix des flots de son gémissement;

### GALATÉE.

Au bruit tumultueux de la vague irritée,
Rêve d'un autre amant, ô blanche Galatée !

◇

Enfant pauvre, et pourtant riche de ton amour,
Je n'échangerais pas cette grotte de pierre
Pour l'antre de corail, de nacre et de lumière,
Où le Dieu d'Ægé tient les nymphes de sa cour :
Au bruit tumultueux de la vague irritée,
Dors dans ma grotte sombre, ô blanche Galatée !

◇

L'orage dissipé, l'éther n'est que plus pur.
Demain, la mer sera radieuse et sereine,
Et toi, comme Thétis, des ondes jeune reine,
Tu te promèneras dans ta conque d'azur :

GALATÉE.

Au bruit tumultueux de la vague irritée,

Rêve un beau lendemain, ô blanche Galatée!

# XVI.

à PAUL CÉSAR GARIOT,

Peintre Espagnol.

à PAUL CÉSAR GARIOT,

Peintre Espagnol.

———

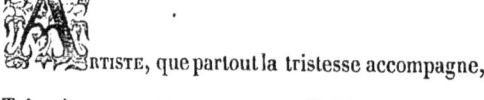Artiste, que partout la tristesse accompagne,

Toi qui vas regrettant ta maternelle Espagne,

Et qui, pour conquérir un beau nom mérité,

Jeune encore, as déjà si rudement lutté;

Ne nourris pas ainsi les noirs ennuis de l'âme :

Songe que, pour briller, l'or passe par la flamme.

Songe qu'il faut gravir les plus âpres chemins

Pour atteindre à la gloire, et prendre dans ses mains

Le diadème d'or et la palme immortelle,

Qu'au terme de ses vœux, l'artiste reçoit d'elle.

### A PAUL CÉSAR GARIOT.

Hélas! pour obtenir le divin rameau vert,

Il fallut, de tout temps, avoir beaucoup souffert!

Songe aux maîtres anciens de Rome et de Florence,

Que l'on vit, presque tous, languir dans la souffrance.

Espagnol, souviens-toi de Joseph Ribera,

Que l'ongle du malheur si long-temps déchira!

—Et puis, enfant pieux jeté loin de ta mère,

Artiste fatigué d'implorer ta chimère,

Si, par momens encor, l'implacable chagrin

Répète dans ton cœur son douloureux refrain;

Si, parfois, au milieu de ta rude carrière,

Tournant avec regrets tes regards en arrière,

Tu sens trembler encor et fléchir tes genoux,

Alors, jeune étranger, viens t'asseoir parmi nous.

Notre hospitalité te sourit et t'appelle :

Tu trouveras chez nous l'amitié fraternelle,

A PAUL CÉSAR GARIOT.

Les doux loisirs mêlés de graves entretiens,
Et l'amour des grands arts, nos dieux, qui sont les tiens!

Réunis, chaque soir, en famille choisie,
Tous marqués sur le front d'un sceau de poésie,
Nous devisons, suivant nos caprices divers,
De nos constans amours, la musique et les vers!
A l'intime cénacle où l'amitié préside,
Le tabouret du peintre était encore vide :
Peintre, viens l'occuper!.. enfant de Murillo,
Prends ta place au milieu de cet heureux tableau;
Viens; la réunion par toi sera complète;
Sur notre piano tu mettras ta palette.
Tandis que l'un de nous noircira du papier,
Qu'un autre agitera les touches du clavier,

### A PAUL CÉSAR GARIOT.

Toi, penché sur la table, aux clartés de la lampe,
Tu formeras les traits de quelque belle estampe :
Tableau comme un de ceux où déjà tes crayons
Ont mis des séraphins couronnés de rayons,
Et, Jésus dans les bras, la Madone mystique,
Assise, en voile bleu, sur un trône gothique.
—Enfans des arts, chez nous chacun suivra le sien :
Le peintre, le poète et le musicien !
Et, les uns travaillant pour la seule pensée,
Les autres pour l'oreille et l'âme caressée,
Toi, pour charmer l'esprit en flattant les regards,
Nous réaliserons la trinité des arts !

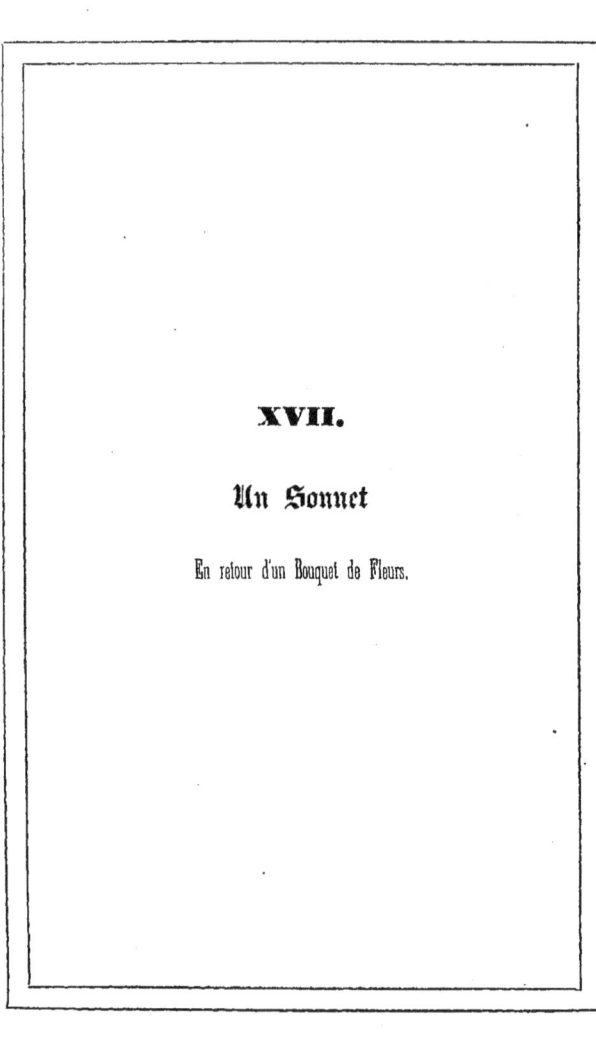

# XVII.

## Un Sonnet

En retour d'un Bouquet de Fleurs.

# UN SONNET

EN RETOUR D'UN BOUQUET DE FLEURS.

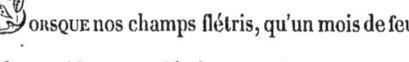

LORSQUE nos champs flétris, qu'un mois de feu dévore,

De leur aride aspect désolent tous les yeux,

Où donc avez-vous pu, Léa, trouver encore

De ces rameaux fleuris le faisceau radieux ?


Est-il, en des climats que l'œil de l'homme ignore,

Quelque jardin secret, enclos mystérieux,

Où vous allez cueillir, aux heures de l'aurore,

Ces blancs jasmins, éclos à la brise des cieux ?

### SONNET.

Ou bien, dois-je penser que, lorsque tout sommeille,

Les anges près de vous placent une corbeille

Toute pleine des fleurs dont Dieu pétrit le miel ;


Et que, le jour venant éclairer votre chambre,

Vous trouvez, à vos pieds plus parfumés que l'ambre,

Ces odorans tributs de vos frères du ciel !

Août 18...

# XVIII.

à M. MARIUS LEJOURDAN.

———

## Est-ce un Espoir? Est-ce un Regret?

# EST-CE UN ESPOIR? EST-CE UN REGRET? [1]

 quoi rêve la jeune fille,

Assise au coin de la forêt?

Dans son œil une larme brille :

Est-ce un espoir? est-ce un regret?

(1) Bien que ces vers aient déjà paru dans les *Ludibria Ventis* de M.
J. Autran, nous croyons devoir les reproduire ici, comme faisant natu-
rellement partie de ce Livre de Ballades. — Ce morceau, d'ailleurs, et la
pièce intitulée : *Le Présent du Retour*, également reproduite, n'ont rien
perdu à repasser sous les yeux du poète.        *( Note de l'Editeur ).*

### EST–CE UN ESPOIR ? EST–CE UN REGRET ?

Tout-bas, elle se dit peut-être,
Dans son cœur palpitant d'espoir :
Voici l'instant où va paraître
Celui que j'aime tant revoir !

Il vient me redire à l'oreille
Ces mots toujours plus caressans,
Ces mots dont la douceur éveille
Le délire dans tous mes sens.

⚙

A quoi rêve la jeune fille,
Assise au coin de la forêt ?
Dans son œil une larme brille :
Est-ce un espoir ? est-ce un regret ?

Dans son cœur qui d'horreur frissonne,
Peut-être, elle se dit tout-bas :

### EST—CE UN ESPOIR? EST—CE UN REGRET?

Il ne vient plus, il t'abandonne ;
Jamais tu ne le reverras!..

Le vent sur ses ailes emporte
Des sermens répétés cent fois,
Comme il chasse la feuille morte
Le long du sentier de ces bois.

○

A quoi rêve la jeune fille,
Assise au coin de la forêt?
Dans son œil une larme brille :
Est-ce un espoir? est-ce un regret?

Tout-bas, elle se dit peut-être :
Je touche à mon rêve amoureux ;
Enfin, cet heureux jour va naître,
Que suivront tant de jours heureux !

### EST-CE UN ESPOIR ? EST-CE UN REGRET ?

De mon ami sœur fortunée,

Amante accordée à l'époux,

Enfin, je vais voir l'hyménée

Bénir notre bonheur et nous !

⊙

A quoi rêve la jeune fille,

Assise au coin de la forêt ?

Dans son œil une larme brille :

Est-ce un espoir ? est-ce un regret ?

Peut-être, en son cœur solitaire,

Elle se dit : puisqu'il n'est plus,

Dois-je rester sur cette terre,

A verser des pleurs superflus ?

Sa triste voix, chère à mon âme,

Au tombeau semble m'inviter :

### EST–CE UN ESPOIR ? EST–CE UN REGRET ?

A cette voix qui me réclame
Pourrai–je long-temps résister ?

A quoi rêve la jeune fille
Assise au coin de la forêt ?
Dans son œil une larme brille :
Est–ce un espoir ? est–ce un regret ?

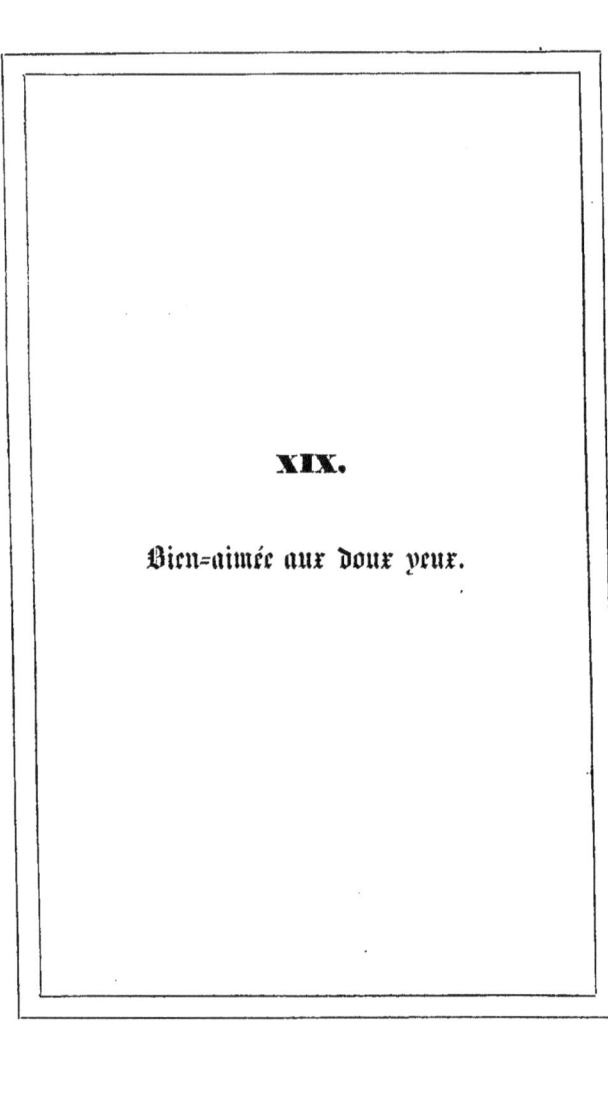

# XIX.

## Bien=aimée aux doux yeux.

## BIEN-AIMÉE AUX DOUX YEUX.

ui, dès mes premiers ans, j'adorai la nature,

Vivant miroir où Dieu contemple sa beauté :

Les astres d'or, la mer, magnifique ceinture,

Voile d'azur, autour de la terre jeté;

Les horizons blanchis par les belles aurores,

Les couchants revêtus d'éclatantes couleurs,

### BIEN-AIMÉE AUX DOUX YEUX.

Les bois verts, les vallons pleins d'oiseaux et de fleurs,

Asiles du printemps, parfumés et sonores !

   Mais il est sous les cieux ,

   Pour mon âme charmée ,

   Quelque chose de mieux :

   Et c'est toi , bien-aimée ,

   Bien-aimée aux doux yeux !


     ✿


Oui, d'un fervent amour , dès l'enfance première ,

J'ai chéri les grands arts, saintes créations,

Purs soleils qui partout répandent leur lumière ,

Sympathiques échos des nobles passions :

Poésie et peinture et musique de flamme ;

Anges venus du ciel en se tenant les mains ,

### BIEN-AIMÉE AUX DOUX YEUX.

Et donnant aux mortels, qui suivent leurs chemins,

Le délire des sens et l'ivresse de l'âme !

    Mais il est sous les cieux,

    Pour mon âme charmée,

    Quelque chose de mieux :

    Et c'est toi, bien-aimée,

    Bien-aimée aux doux yeux !


             Ｑ


Oui, j'admire de loin, dans son royal empire,

La gloire, cette femme aux immortels appas,

A qui tant d'imprudens, que son regard attire,

Prodiguent un amour qu'elle ne leur rend pas !

Dans sa robe de moire, elle est, certes, bien belle,

Quand, sur un luth orné d'or et de diamans,

### BIEN—AIMÉE AUX DOUX YEUX.

Elle chante les noms de ses meilleurs amans,

Au monde qui sans fin les répète après elle !

Mais il est sous les cieux,

Pour mon âme charmée,

Quelque chose de mieux :

Et c'est toi, bien–aimée,

Bien–aimée aux doux yeux !

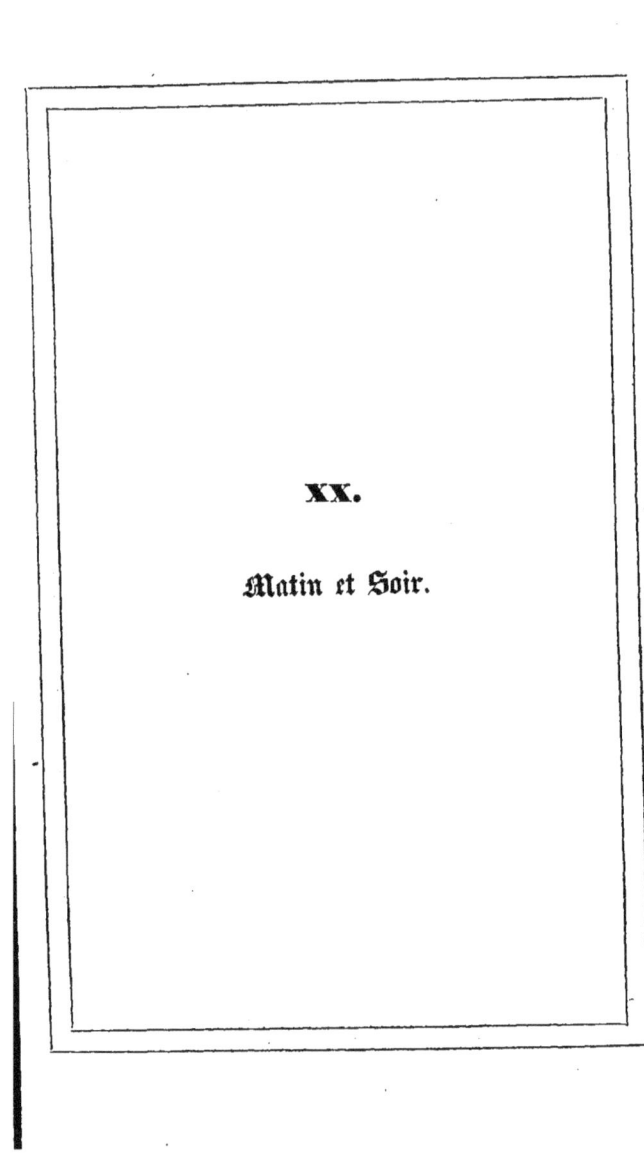

# XX.

## Matin et Soir.

À M. B. A.

# MATIN ET SOIR.

 UAND de la nuit l'obscure toile

S'abaisse à l'Occident lointain,

A l'Orient surgit l'étoile

Qu'on nomme Etoile du matin.


Chaque jour, à l'heure vermeille

Où l'œil se rouvre à la clarté,

Une image en mon cœur s'éveille :

C'est ton image, ô ma beauté !

## MATIN ET SOIR

○

Du jour quand la course s'achève,

Quand l'ombre étend son rideau noir,

Au ciel une étoile se lève,

Qu'on nomme l'Etoile du soir.

Mais, chaque jour, à l'heure sombre,

Où l'œil se ferme à la clarté,

L'image qui luit dans mon ombre,

C'est encor toi, blanche beauté!

✿

Ainsi, dans le céleste empire,

Dieu fit, pour briller tour à tour,

### MATIN ET SOIR.

Deux astres que la terre admire :
Il n'en fit qu'un pour mon amour !


Et c'est toi, beauté que j'adore,
C'est toi seule, en qui je crois voir
L'Étoile qui brille à l'aurore,
Et l'Étoile qui brille au soir.

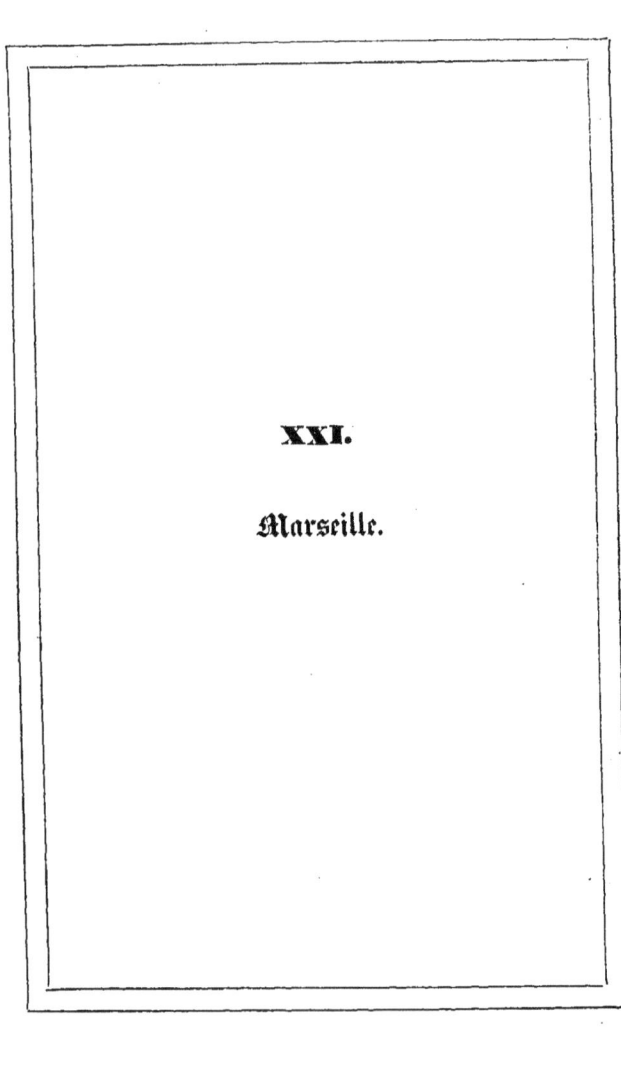

# XXI.

## Marseille.

Marseille.

# MARSEILLE, (1)

## à M. ALEXANDRE DUMAS.

ANTÔT, j'étais assis près de la rive aimée,

La mer aux pieds, couvert de l'humide fumée

(1) Je ne crois pas pouvoir faire un plus beau présent aux amis de la grande poésie, qu'en leur donnant ces vers, où notre compatriote, le brillant poète Méry, a si admirablement retracé la physionomie antique et moderne de notre cité. Ce fut pendant le dernier séjour d'Alexandre Dumas dans notre ville, que Méry fit cette belle improvisation, dont les vers furent écrits sur la table de bois d'un pauvre café, au bord de la mer. Je suis heureux d'en posséder le manuscrit, orné de fantasques vignettes à la plume, par la main du poète lui-même.     J. A.

### MARSEILLE.

Qui s'élève des rocs, lorsque les flots mouvans

S'abandonnent, lascifs, aux caresses des vents.

L'air était froid; décembre avait mis sur ma tête

Son crêpe nébuleux, drapeau de la tempête.

Les alcyons au vol gagnaient l'abri du port;

Le midi s'effaçait sous les teintes du nord.

La Méditerranée, orageuse et grondante,

Comme un lac échappé du sombre enfer de Dante,

N'avait plus ses parfums, plus son riant sommeil,

Plus ses paillettes d'or qu'elle emprunte au soleil.

Il le fallait ainsi; la mer intelligente,

Qui roule de Marseille au golfe d'Agrigente,

Notre classique mer avait su revêtir

Le plaid d'Écosse, au lieu de la pourpre de Tyr.

C'est ainsi, voyageur, qu'elle te fesait fête

A toi, l'enfant du nord, dramatique poète,

### MARSEILLE.

Le jour où, couronné d'un cortége d'amis,

La voile au vent, debout sur le canot promis,

Loin du port, où la vague expire, où le vent gronde,

Loin de la citadelle, où surgit la tour ronde,

Vers l'archipel voisin tu voguais si joyeux,

Et, pour tout voir, n'ayant pas assez de tes yeux.


Moi, l'amant de la mer et que la mer tourmente,

Moi, qui redoute un peu mon orageuse amante,

Sous la brume des eaux, je te suivais de l'œil;

Je conjurais de loin la tempête et l'écueil,

En répétant tout-bas à ta chaloupe agile

Les vers que chante Horace au vaisseau de Virgile.

Et puis , en te perdant sur les flots écumeux,

Mes souvenirs venaient noirs et tristes comme eux.

## MARSEILLE.

Combien de fois, depuis mes courses enfantines,

J'ai contemplé la mer et ses voiles latines,

L'île de Mirabeau, rocailleuse prison,

Les monts bleus, dont le cap s'effile à l'horizon,

Les golfes recueillis, où le flot de Provence

Chante de volupté sous le pin qui s'avance!...

Alors, à cet aspect, je ne songeais à rien :

C'était un tableau calme, un rêve aérien,

Un paysage d'or!... la vague douce et lente

Endormait dans l'oubli ma pensée indolente!

Aujourd'hui, toi voguant au voisin archipel,

La brise obéissant à ton joyeux appel,

Je ne sais trop pourquoi de tristes rêveries

Fanent aux mêmes bords mes visions fleuries;

Je ne songe qu'aux jours, où le deuil, en passant,

A coloré ces flots d'une teinte de sang;

## MARSEILLE.

Où la peste, vingt fois de l'Orient venue,

A frappé cette ville agonisante et nue;

Où les temples sacrés du rivage voisin,

Meurtris du fer de Rome ou du fer Sarrasin,

Se sont évanouis comme la vapeur grise

Que ma bouche aspirante abandonne à la brise!

—Pélerin sur la mer, en détournant tes yeux,

Ici tu ne peux voir ce qu'ont vu mes aïeux :

Cette île de maisons, près de la tour placée,

Oh! non, non, ce n'est point la fille de Phocée;

Elle est bien morte, et l'algue a tissu son linceul.

Son cadavre est visible aux regards de Dieu seul.

Peut-être, sous les flots, elle dort tout entière,

Et ce golfe riant lui sert de cimetière.

Hélas! sur nos remparts trois mille ans ont pesé.

Le roc des Phocéens lui-même s'est usé;

## MARSEILLE.

Et, chaque jour encor, la vague déracine
Cette église qui fut le temple de Lucine,
Cette haute esplanade où tant de travaux lents
Avaient amoncelé les péristyles blancs;
Divine architecture, en naissant expirée,
Comme sa sœur qui dort dans les flots du Pirée,
Et qui, du moins en Grèce, aux murs du Parthénon,
En s'éteignant, laissa les lettres de son nom!....
Il ne nous reste rien, à nous, rien ne surnage
De notre vie antique et rien du moyen-âge.
Une tour, qu'épargnait notre peuple rongeur,
Aurait pu t'arrêter un instant, voyageur:
Moi je l'ai vue, enfant; noble tour! elle seule
A chaque Marseillais rappelait son aïeule.
Un jour d'assaut, un jour d'héroïque vertu,
Nos mères sous son ombre avaient bien combattu.

## MARSEILLE.

Elle avait des créneaux où la conque marine
Sifflait l'air belliqueux, lorsque la coulevrine,
S'allongeant, envoyait d'un homicide vol
Le boulet de Marseille au dévot Espagnol.
Sur cette haute tour, la tour de Sainte-Paule,
Flottait notre drapeau ; là le coq de la Gaule,
Et, sur l'écu d'argent, si redouté des rois,
L'azur de notre ciel dessinant une croix.
Elle s'est éboulée, ô voyageur! approche,
Il te faut aujourd'hui visiter une roche ;
C'est un fort monument qui résiste à la mer,
Se rit du feu grégeois et méprise le fer.
— Nous n'avons ni palais, ni temples, ni portiques;
Les seuls monts d'alentour sont nos trésors antiques,
Et même (tant Marseille a subi de malheurs!)
Ils n'ont plus ni leurs bois, ni leurs vallons de fleurs.

## MARSEILLE.

Tourne ta proue, oh! viens; la ville grecque est morte.

Oui, mais Marseille vit; elle t'ouvre sa porte!

La splendide cité, reine de ces climats,

Cache l'eau de son port sous l'ombre de ses mâts.

Elle est riche; elle peut, avec tant de ruines,

Couvrir de monumens sa plaine et ses collines.

Son nom, que sur le globe elle fait retentir,

Est plus grand que le nom de Sidon et de Tyr.

Elle envoie aujourd'hui les enfans de son môle

Aux feux de la Torride, aux glacières du Pôle;

Partout son pavillon, à l'heure où je t'écris,

L'univers commerçant le salue à grands cris.

Les trésors échangés de sa rive féconde

Illustrent les bazars de Delhy, de Golconde,

De Lahore, d'Alep, de Bagdad, d'Ispahan,

Que la terre couronne ou que ceint l'Océan.

## MARSEILLE.

Notre voisine sœur, l'orientale Asie,

Couvre ce port heureux de tant de poésie,

Les longs quais de ce port, congrès de l'univers,

Sont broyés nuit et jour par tant d'hommes divers,

Qu'un voyageur, mêlé dans la foule mouvante,

Marbre aux mille couleurs, mosaïque vivante,

Croit vivre en Orient, ou dans les jours premiers,

Sous Didon de Carthage, au pays des palmiers.


Ainsi donc, le commerce est, chez nous, poétique.

Poète, viens t'asseoir sous quelque frais portique ;

Si je ne puis offrir à ton brûlant regard

Ni les temples Nîmois, ni l'acqueduc du Gard,

Ni la vieille Phocée à sa gloire ravie,

A défaut de la mort, viens contempler la vie.

MARSEILLE.

Le cœur se réjouit à cet éclat si beau :

L'opulente maison vaut mieux que le tombeau !

Méry.

## UNE NOTE.

Il est une Ballade de ce Livre : *le Carrefour des Bois* , à laquelle nous croyons convenable d'ajouter un mot d'explication. Le sujet de cette Ballade repose sur une superstition populaire très-répandue dans le Midi. Les habitans des campagnes y sont persuadés que, le jour des Morts, au coup de minuit, les trépassés quittent leurs tombeaux, et vont danser dans les bois , à l'endroit où les chemins se coupent en croix.

---

## POST—SCRIPTUM.

Nous sommes heureux de pouvoir donner à nos lecteurs plus que nous ne leur avions promis. La poésie et la peinture ne devaient pas figurer seules dans ce livre d'art méridional. Il convenait que la musique y trouvât aussi une place. Nous aurions pu donner ici quelqu'une des mélodies écrites pour les ballades de M. J. Autran par des artistes Parisiens ; nous avons préféré nous adresser à un artiste compatriote. Ainsi, les vers, les vignettes et le chant, tout sera sorti de notre Marseille.

La musique de *Bien—aimée aux doux yeux* , l'une des plus récentes et des plus heureuses compositions de M. Joseph Autran, est due à notre ami M. Joseph Roger, dont les dilettanti ont, dès long-temps, apprécié le talent si facile et si harmonieux.                    (*L'Éditeur*).

# BIEN AIMÉE AUX DOUX YEUX

Paroles de M. l'Autran.                    Musique de J. Roger.

# Bien aimée aux doux yeux.

Musique de Ph. Roger.

Oui, dès mes premiers ans, j'a_do_rai la na_

tu_re, Vi_vant mi_roir où Dieu con_

temple sa beau_té, les as_tres d'or, la

mer, magnifi_que cein_tu_ré, Voile d'a_zur

au_tour de la ter_re je_té, de la ter_re je_

Gratioso

*Mais il est sous les cieux, pour mon ame char — mée quelque chose de mi — eux, et c'est toi, bien ai — mée et c'est toi, bien ai — mée, bien ai mé — e aux doux yeux; et c'est toi, bien ai — mée, bien... ai — mée aux doux yeux.*

2.ᵉ Couplet.

Oui, d'un fervent amour, dès l'enfance première,
J'ai chéri les grands arts, saintes créations,
Purs soleils qui partout répandent leur lumière,
Simpathiques échos des nobles passions,
« Mais il est sous les cieux »
etc.ᵃ    etc.ᵃ    etc.ᵃ

3.ᵉ Couplet.

Oui, j'admire de loin, dans son royal empire,
La gloire, cette femme aux immortels appas,
A qui tant d'imprudens que son regard attire
Prodiguent un amour qu'elle ne leur rend pas;
« Mais il est sous les cieux »
etc.ᵃ    etc.ᵃ    etc.ᵃ

# TABLE.

✿

www.ingramcontent.com/pod-product-compliance
Lightning Source LLC
Chambersburg PA
CBHW070840030726
47504CB00005B/1172